LETTRE

A MONSIEUR

DE BRANVILA.

LETTRE

A MONSIEUR

DE BRANVILLA,

ECUYER,

PREMIER-CHIRURGIEN

DE LL. M. I. R. A.

ET DE LEURS ARMÉES.

Par M. DE CAMBON, Ecuyer, Premier-Chirurgien de feu S. A. R. la Duchesse de Lorraine & de Bar &c. &c.

SUR TROIS OPÉRATIONS DE LA SYMPHYSE.

A MONS,

Chez H. Hoyois, Imprimeur - Libraire.

Et se trouve A PARIS,

Chez C. J. C. DURAND, Libraire, rue du Foin S. Jacques, au Griffon.

M. D. CC. LXXX.

LETTRE.

MONSIEUR,

Ous le savez, les découvertes les plus utiles sont expofées aux plus fortes critiques, qui tirent souvent leur source de la différente façon de penfer des hommes ; c'est à la pratique & à l'expérience à les réunir : on ne sauroit donc en faire con-noître trop tôt les succès & les avantages.

Animé du zele de secourir mes concitoyens, & ayant connu d'abord l'utilité de l'opération de la Symphyse, dont l'invention est due à M. Sigault, je conçus le projet de la pratiquer dès que l'occasion se présenteroit, ce qui arriva au troisieme accouchement d'Elisabeth Loutre, femme de Joseph Loutre, garçon tailleur de pierres, rue St. Paul, à Mons. Les deux qui avoient précédé m'avoient instruit de la mauvaise construction du bassin, provenant de la noueure de son enfance, ce qui fut cause qu'elle n'eut de ses deux premieres couches, que des enfans morts & après des réapplications de forceps & des efforts les plus considérables : ces considérations me déterminerent donc à lui faire l'opération de la Symphyse le 28 Mars 1778, à son troisieme accouchement en présence de Mrs. Eloy, Gui & Herin, Médecins & Chirurgiens.

En conséquence j'avois écrit à Mr. Grandclas, [Médecin que la Faculté de Paris avoit nommé pour lui faire le rapport de tout ce qui s'étoit passé à l'opération de Mr. Sigault à la Sou-chot] pour savoir de lui l'état de cette femme; il me fit l'honneur de me répondre : » j'ai vu aujourd'hui la femme » Souchot, marchant dans la rue, » avec un bâton comme ci-devant « ce qui fortifia beaucoup ma résolution. Cependant elle fut un peu ébranlée par une critique de Mr. Pue, que je trouvai dans un envoi que Frere Côme, cet Ami zélé de l'humanité, me fit, dans le même tems, de tout ce qui avoit paru pour & contre cette nou-velle découverte.

La facilité que j'ai aussi à me servir du forceps, pour terminer heureuse-ment les accouchemens laborieux & difficiles, lorsque la tête se présente, me faisoit espérer de tirer le même avantage de cet instrument pour ce-lui-ci, ce qui m'engagea à y avoir d'a-bord recours, quoique tout fût prêt pour l'opération ; je plaçai mon for-ceps avec aisance, & je saisis avec assez de facilité la tête de l'enfant ; mais elle resta fixe au détroit supérieur

comme aux deux accouchemens précédens, & l'inſtrument quitta la tête
de l'enfant.

En portant le doigt dans le vagin pour reconnoître ſi cette tête
n'étoit pas ébranlée ou deſcendue,
je la trouvai dans la même ſituation,
& le cordon malheureuſement gliſſé
entre elle & le baſſin, ce qui me dé-
termina à faire de ſuite une ſeconde
tentative de forceps, qui fut auſſi in-
fructueuſe que la premiere & une troiſieme qui n'eut pas plus de ſuccès.

Mon intention n'étoit d'abord que
d'en faire une ſeule : mais le toucher
m'ayant appris que le cordon s'étoit
gliſſé entre la tête & le baſſin, il n'y
avoit pas un inſtant à perdre pour ſau-
ver la vie à l'enfant ; de plus, la femme
étoit ſituée, les aides auſſi ; j'avois
mon forceps en main, je me déter-
minai à la ſeconde & troiſieme de
ſuite.

Vous ne ſerez point ſurpris, Mon-
ſieur, de ces trois tentatives de forceps, quand vous réfléchirez au danger que couroit l'enfant, par la pré-
ſence du cordon, & que l'on termine

des accouchemens d'enfans vivans, après deux ou trois réapplications de forceps; ce qui m'est arrivé nombre de fois dans cette ville, où je finis bien des accouchemens laborieux par la manœuvre de cet instrument divin, mais sans la complication du cordon.

Ayant donc reconnu que cette tête restoit immobile malgré ces tentatives, je pris le parti de pratiquer sur le champ l'opération, seule ressource qui me restoit, pour tâcher de sauver la vie à l'enfant, que j'avois eu la précaution de baptiser par le secours d'une seringue, avant d'avoir employé le forceps pour la deuxieme fois.

Je pinçai la peau & la graisse, par le secours d'un aide, & je fis une incision de trois pouces de long, que je terminai à un travers de doigt de la commissure des grandes levres, en divisant la peau & la graisse; je perçai ensuite les aponévroses des muscles du bas ventre, au dessus des os pubis, jusqu'au tissu cellulaire du péritoine, & j'introduisis, à la faveur de cette ouverture, le bistouri dont *Le Frere*

Côme se sert pour le haut appareil de sa taille, & que l'on trouve gravé à la deuxie= me planche, figure deux, de sa nou= velle méthode d'extraire les pierres de la vessie pardessus les os pubis, sans le se= cours d'aucun fluide forcé ni retenu dans la vessie.

J'introduisis, dis-je, ce bistouri len- ticulaire, le dos regardant les os pu- bis, & le tranchant l'ombilic, en fai- sant glisser la lentille sur le péritoine; je fendis, en dirigeant l'instrument vers l'ombilic, environ un pouce des mus- cles pyramidaux & de la ligne blan- che; en retournant de suite le tran- chant de cet instrument du côté des os pubis, je portai la lentille à la partie supérieure de l'arcade sur le col de la vessie, & j'incisai la symphyse de de- dans en dehors, & de bas en haut, ayant grande attention de chercher & d'appuyer sur les cartilages qui unis- sent les deux os ensemble; car sans cela on pourroit croire qu'ils sont ossifiés, si le tranchant portoit sur les os, & on manqueroit cette opération; quoiqu'il n'est guere possible de trouver ces os ossiffiés tant qu'une femme est d'âge à avoir des enfans. Dès que la symphyse fut divisée, les os pubis donnerent un écartement d'environ deux pouces, & à l'instant je portai derechef le doigt dans le vagin, pour reconnoître ce que devenoit cette tête inébranlable : je m'apperçus qu'elle chassoit mon doigt, & que l'accouchement se terminoit. Je l'annonçai aux assistans ; & un instant après nous vimes paroître la tête & un enfant que tous les secours possibles ne purent rappeller à la vie : ce qui me laissa des regrets de n'avoir pas d'abord commencé par la symphyse, comme je l'avois projetté.

Cette femme n'eut pas le moindre accident de son opération, ni des suites de sa couche : le premier pansement fut fait à sec & à plat, couvert d'une emplâtre de diapalme. Les compresses & le bandage du corps pour soutenir les iliums & les os pubis rapprochés, afin d'en faciliter la réunion : les autres pansemens, aussi à plat, avec un plumaceau couvert de digestif, que je supprimai d'abord que la suppuration fut bien établie, pour ne plus

panfer qu'à fec jufqu'à la parfaite cica-
trifation. La malade urina à volonté
quatre heures après fon opération,
ce qu'elle continua de faire naturel-
lement, ainfi que fes autres fonc-
tions, jufqu'à fon entiere guérifon, qui
arriva le premier Mai, & elle marcha
dès lors, ainfi qu'elle fait aujourd'hui,
comme fi on ne lui eût jamais fait
aucune opération.

Meffeigneurs des Etats du Hainaut
& Meffieurs les Magiftrats de la ville
de Mons, toujours animés du progrès
des fciences, des arts & de la popula-
tion, ont accordé à cette femme 250
livres pour la récompenfer de s'être
foumife à cette nouvelle opération;
étant pour lors la feconde en Euro-
pe fur qui on l'eût pratiquée.

SECONDE OBSERVATION.

LE 25 Septembre 1779 la femme Marchant, épicier rue d'Havré à Mons, âgée de 37 ans, étant à terme de son premier enfant, ressentit les douleurs pour accoucher à onze heures du matin: je fus alors demandé pour aller à son secours. Je savois qu'elle étoit délicate, très-contrefaite & de petite structure, n'ayant que trois pieds & quatre pouces de haut, ce qui m'engagea à la prier de ne point faire valoir ses maux; voulant obtenir de la nature presque seule la dilatation de la matrice, plutôt que de ses efforts qui auroient pu nuire à son petit tempérament: ils auroient sans doute dilaté un peu plutôt le col de la matrice, mais ils eussent pu faire percer les eaux prématurément, ce qui eût mis l'enfant à la gêne & en danger de perdre la vie, avant qu'il ne fût

tems de faire l'opération de la symphyse, que je prévoyois dès lors être
inévitable. Je lui recommandai donc
beaucoup de ne point faire valoir ses
maux ; j'en fis sentir la conséquence à
son mari, qui a été autrefois Chirurgien du Régiment de St. Ignon dra-
gon, où il s'étoit distingué par son mérite. Je visitai la malade le soir & lui
conseillai la même chose ; je la touchai
pour la seconde fois, & je trouvai la
matrice qui commençoit à se dilater
& à s'amincir : je me rendis le 26 au
matin près d'elle ; elle avoit passé la
nuit dans les mêmes maux, & je re-
marquai que les eaux se formoient &
que la matrice ne tarderoit pas à être
suffisamment dilatée : je la situai pour
chercher à passer ma main dans le
vagin, afin de mieux reconnoître le
vice de conformation du bassin ; mais
les os pubis & ischions refuserent le
passage à ma main, quoique petite,
ce qui me confirma la nécessité abso-
lue de faire l'opération de la symphyse.

Je fis prier en conséquence Mrs. Capiaumont, Démonstrateur des accouchemens, & Herin, Maître en Chirur-

gie de la ville, de vouloir bien y affif-
ter : je priai le premier de percer les
eaux & de reconnoître en même tems
la mauvaise conformation des os du
baſſin. Cela étant fait & la femme bien
ſituée, je procédai à l'opération, non
en pinçant la peau comme en l'obſer-
vation précédente, parce que le ventre étoit trop en beſace : * je fus donc
obligé de pointer mon biſtouri, droit
en diviſant la peau & la graiſſe, juſqu'à
un travers de doigt de diſtance de la
commiſſure des grandes levres ; je perçai enſuite avec le même biſtouri les
aponévroſes & les muſcles pyramidaux
au deſſus des os pubis, & je finis l'o-
pération, comme la précédente, avec
le biſtouri lenticulaire. Les os pubis
étant diviſés, il en réſulta d'abord un
écartement de deux bons pouces, dont
M. Capiaumont fut auſſi convaincu
que moi après avoir porté le doigt dans
la diviſion. Il avoit reconnu avant l'o-
pération, en perçant les eaux, que la
tête de l'enfant étoit au détroit ſupé-

---

* On appelle ventre en beſace lorſqu'il deſcend ſur
les cuiſſes.

rieur : mais dès que j'eus divisé les os, elle descendit aussitôt dans le petit bassin, en présentant la face latéralement, ce qui empêcha qu'elle ne franchît le détroit inférieur, comme elle venoit de faire le supérieur. M'étant apperçu de cet obstacle, je pris le forceps & terminai dans un instant, avec cet instrument, l'accouchement, qui donna naissance à une fille pleine de vie, qui se porte bien ainsi que sa mere aujourd'hui, 4 mois après l'opération.

Je pansai d'abord la plaie avec un plumaceau de charpie, sec & à plat, & j'employai le bandage du corps pour soutenir les os pubis les uns contre les autres. Les pansemens suivans furent faits avec un plumaceau couvert de digestif, que je supprimai dès que la suppuration fut bien établie, & toujours à plat. Cette plaie a été tout-à-fait cicatrisée le 20 Octobre suivant.

Le lendemain de l'opération la malade commença à uriner volontairement à quatre heures du matin, ce qu'elle a continué de faire ensuite.

Le 28 elle fut à la selle & elle rendit

dit un ver; le 29 les lochies couloient peu, le ventre étoit gonflé & la fievre se manifesta; ce qui m'engagea à lui donner la potion suivante, qui m'a toujours bien réussi dans tous les cas de suppressions des lochies, gonflemens & sensibilités de ventre, dont je ne saurois trop exalter les bons & prompts effets.

Camphre, deux gros.
Eau de pourpier, quatre onces.
Syrop de violettes, une once & demie.
Mêlez selon l'art.

J'en fis prendre une cuillerée à bouche à la malade toutes les heures & je n'eus besoin que de réitérer trois fois cette potion pour rétablir le cours des lochies connue à nombre d'autres femmes auxquelles je l'ai ordonnée avec le même succès & sans avoir employé d'autres remedes que quelques prises d'un gros d'arcanum duplicatum à la dose d'une dragme deux ou trois fois le jour pour procurer la liberté du ventre.

Cette malade a été parfaitement guérie & en état de marcher le 25 d'Octobre, 30me. jour après l'opéra-tion.

B

TROISIEME OBSERVATION.

LE 15 Janvier 1780 on me pria à huit heures du soir d'aller au secours d'Elisabeth Loutre qui fait le sujet de la premiere observation. Etant à terme de sa quatrieme grossesse, dans la matinée du 15, elle avoit ressenti les premieres douleurs pour accoucher. Je me rendis donc auprès d'elle & reconnus que cela annonçoit un accouchement prochain. Je touchai la malade, je trouvai que les eaux se formoient, que le col de la matrice se dilatoit & s'amincissoit & que la tête de l'enfant étoit appuyée au détroit supérieur, comme aux trois accouchemens qui avoient précédé; je fis dire à Messieurs Eloy, Guy, Herin & Capiaumont qui desiroient de se trouver à cette deuxieme opération à la même femme, qu'elle étoit dans les maux depuis la matinée.

Je priai M. Capiaumont, après lui avoir fait le détail de ce qui s'étoit passé aux trois accouchemens précédens, de reconnoître par le toucher l'état du travail, ce qu'il fit vers les neuf heures; nous restames spectateurs oisifs jusqu'à minuit, en priant la malade de ne point trop faire valoir ses maux; ce qu'elle fit exactement; & au contraire pendant les douleurs qui avoient précédé la premiere symphyse, à sa troisieme grossesse, elle avoit fait des efforts affreux, qui firent percer sans contredit ses eaux prématurément: elle fut à celle-ci des plus raisonnables & se laissa conduire entierement suivant mes conseils. Ayant reconnu de nouveau à minuit l'état du travail, nous conclumes, d'après les progrès lents qu'il avoit faits pendant trois heures, que les eaux ne seroient bien formées qu'au matin & par conséquent la matrice suffisamment dilatée pour pouvoir faire l'opération de la symphyse, s'il falloit y avoir recours; nous primes donc le parti de retourner chez nous, je laissai auprès de la malade mon Eleve & la Sage-Femme Mairesse sur la prudence de laquelle je pouvois compter. Quoique je n'eusse pas besoin de leur recommander d'empêcher la femme de faire valoir ses maux, j'en fis la priere en leur présence à cette malade qui savoit qu'elle s'étoit fait beaucoup de tort à l'accouchement précédent, par les efforts affreux & inutiles qu'elle avoit faits.

Je recommandai qu'on vînt me chercher s'il survenoit quelque chose de nouveau & surtout si les eaux perçoient.

Je me rendis auprès d'elle à six heures du matin le 16, je trouvai les eaux bien formées & la tête à la même place au détroit supérieur.

Je fis avertir Mrs. Capiaumont & Herin, qui se rendirent d'abord chez la malade, & nous conclumes ensemble que l'opération de la symphyse étoit le seul moyen de sauver la vie à cet enfant.

Tout étant prêt & la femme située je perçai les eaux & procédai à l'opération en pinçant l'ancienne cicatrice, à la faveur d'une des mains de Mr. Capiaumont, je fendis la peau & la graisse jusqu'aux os pubis; j'ouvris ensuite l'aponevrose des muscles du bas ventre au dessus de ces os, & à la fa-

veur de cette ouverture je paſſai mon
biſtouri lenticulaire, je fis gliſſer cette
lentille ſur le tiſſu cellulaire & je di-
diviſai environ un pouce de l'aponę-
vroſe & muſcles du bas ventre. Dès
le moment je retournai mon biſtouri
& portai la lentille ſur le col de la
veſſie ; en appuyant mon tranchant du
dedans en dehors ſur le cartillage qui
unit les deux os , je le trouvai plus ferme & beaucoup plus ſolide qu'à la
premiere opération & je l'eſtimai de
la conſiſtence des tendons, craignant
avant même de faire l'opération, tant
cette femme marchoit avec aiſance
& facilité, que les cartilages qui uniſ-
ſent les deux os ne fuſſent oſſifiés :
j'étois fort attentif à mes manœuvres
& à ce qui ſe paſſoit au tranchant de
mon biſtouri, je trouvai qu'ils avoient
la conſiſtence des tendons & nulle-
ment des os.

L'écartement ſe fit avec moins de
viteſſe qu'à la premiere opération ; la
tête de l'enfant deſcendit d'abord dans
le petit baſſin, ce que le doigt que je
portai à l'inſtant dans le vagin me
confirma : je priai la mere qui étoit des

plus tranquilles & des plus patientes de pousser un peu, parce qu'elle accouchoit, & dans un instant elle mit au monde une grosse fille pleine de santé.

Le pansement fut fait à l'ordinaire à sec & à plat, & un bandange que je substituai à celui du corps, dont je me suis servi aux deux premieres opérations de la symphyse, qui consiste en un morceau de toile assez ferme, de 12 pouces de large, doublé & faufilé ensemble, pour lui donner plus de fermeté; sa longueur doit dépendre de la grosseur de la femme; il doit aller d'un os des îles à l'autre, en passant parderriere l'os sacrum; on attache quatre morceaux de cordon à chacune des extrêmités, pour nouer le premier à la partie supérieure & antérieure de l'une ou de l'autre cuisse; les deux cordons qui suivent, répondant à l'aîne du même côté, se nouent sur cette partie, & le dernier à la partie inférieure du bas-ventre, ce qui embrasse merveilleusement le bassin & les troquanterres, établissant une espece de bandage unissant, qui rapproche & maintient les os pubis, sans gêner en aucune façon la malade.

Elle n'éprouva d'autre accident qu'une fievre de vingt-quatre heures, le douzieme jour de fon opération ; elle fut occafionnée par un rhume épidémique, dont prefque toute la ville fut attaquée : elle n'eut donc à cette feconde opération, comme à la premiere, aucune fuite provenant de la fymphyfe ni de fa couche ; la plaie fut bien cicatrifée le 12 du mois fuivant & elle marche comme auparavant.

L'enfant eft auffi en parfaite fanté, & la mere continue à le nourrir.

Voilà de nouveaux faits de pratique qui ne peuvent qu'accréditer de plus en plus l'opération de la fymphyfe & faire voir à ceux dont je viens de donner les obfervations, la néceffité d'y avoir recours dans tous les cas femblables.

Les perfonnes de l'art qui fe donneront la peine de les lire avec attention, conviendront avec moi de l'impoffibilité qu'il y avoit d'accoucher la femme qui fait le fujet de la feconde obfervation fans avoir recours à cette nouvelle méthode ou à l'opération céfarienne, qui ne peut entrer en aucune façon en parallele avec celle-ci tant par sa conséquence que par ses suites; la césarienne en ayant de plus considérables, & la symphyse au contraire n'étant exposée à aucune, puisque les femmes qui font le sujet des trois observations, n'ont eu aucun accident, & que le quatrieme enfant d'Elisabeth Loutre doit la vie à cette heureuse découverte, vu que les trois premiers, malgré l'attention qu'on avoit eue pour la leur conserver, par les efforts indispensables qu'on fut obligé de faire pour surmonter les difficultés que le vice de conformation opposoit, l'ont perdue.

On ne sauroit donc trop se réunir pour donner à son inventeur les louanges qui lui font dues, mais il faut pour cela n'avoir en vue que le bien de l'humanité qui seul doit régler toutes nos actions sans s'embarrasser si celui qui en a fait la découverte est Médecin, Chirurgien, ou simple particulier: car souvent le préjugé l'emporte sur l'utilité publique par une gloire mal entendue & encore plus mal placée.

Mon intention n'est pas de répon-

dre aux différentes critiques de la fymphyfe , mais bien de la faire connoître de
plus en plus en publiant les avantages.
C'eft dans cette vue , Monfieur , que
j'ai l'honneur de vous adreffer ma lettre , fachant que perfonne ne peut
apprécier mieux que vous l'utilité de
cette découverte , & que d'après des
faits certains vous pourriez la faire pratiquer dans les hôpitaux des vaftes do-
maines de S. M. I. & Royale Apofto-
lique , & en démontrer les avantages
à tous les Accoucheurs de l'Empire
d'Allemagne , [où vous occupez ,
Monfieur , le premier rang dans l'art
de guérir , auquel votre mérite vous
a élevé] foit en faifant circuler cette
lettre , ou bien en la faifant traduire
dans les Langues du Pays , en y ajou-
tant & corrigeant ce que le bien de
l'humanité & vos talens fupérieurs
pourront vous fuggérer.

J'ai l'honneur d'être &c.

ERRATA.

PAge 15, ligne 20, de deux bons pouces, il faut lire à peu près de deux pouces.

LE même Libraire débite le Dictionnaire historique de la Médecine ancienne & moderne, ou Mémoires disposés en ordre alphabétique pour servir à l'Histoire de cette science, & à celle des Médecins, des Anatomistes, Botanistes, Chirurgiens & Chymistes de toutes Nations. Par N. F. J. ELOY, &c. Médecin Pensionnaire de la Ville de Mons, 4 vol. *in*-4, avec frontispice, 1778.

Mémoire sur la marche, la nature, les causes & les traitemens de la Dyssenterie, par le même. *Sous Presse.*